亲爱的鼠迷朋友，
欢迎来到老鼠世界！

Geronimo Stilton

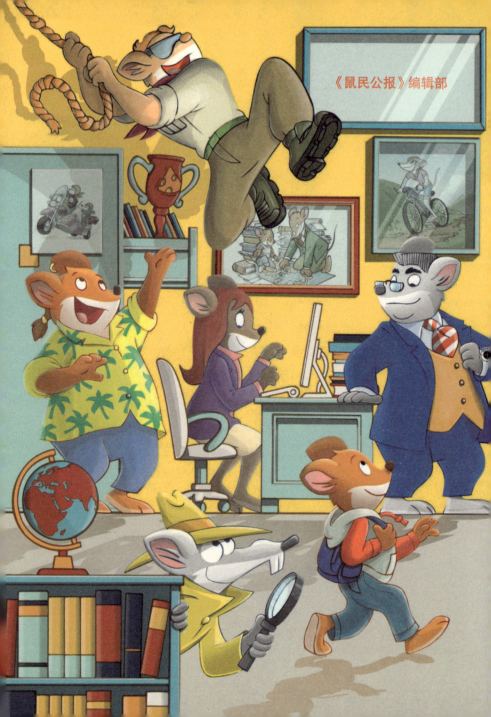

版权合同登记号 14−2009−026

图书在版编目（CIP）数据

太空秘密行动 /（意）杰罗尼摩·斯蒂顿著；邓婷

译 . -- 南昌：二十一世纪出版社集团，2018.1（2019.5 重印）

（老鼠记者；67）

ISBN 978-7-5568-3354-2

Ⅰ.①太… Ⅱ.①杰… ②邓… Ⅲ.①儿童小说 – 中

篇小说 – 意大利 – 现代 Ⅳ.① I546.84

中国版本图书馆 CIP 数据核字 (2017) 第 307155 号

太空秘密行动　　［意］杰罗尼摩·斯蒂顿 著　邓婷 译

出版人	刘凯军		开	本	800mm×1230mm 1/32
责任编辑	贾 秋		印	张	4
出版发行	二十一世纪出版社集团		版	次	2018 年 1 月 第 1 版
	（江西省南昌市子安路 75 号 330025）		印	次	2019 年 5 月 第 4 次印刷
	www.21cccc.com　cc21@163.net		印	数	25,501−41,500 册
			书	号	ISBN 978-7-5568-3354-2
承 印	江西华奥印务有限责任公司		定	价	16.00 元

赣版权登字−04-2017-814　　版权所有·侵权必究

（凡购本社图书，如有缺页、倒页、脱页，由本社发行公司负责退换，服务热线：0791-86512056）

太空秘密行动

[意] 杰罗尼摩·斯蒂顿 / 著

Geronimo Stilton

邓婷 / 译

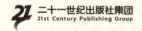

二十一世纪出版社集团
21st Century Publishing Group

目 录

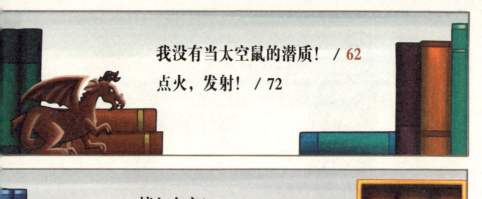
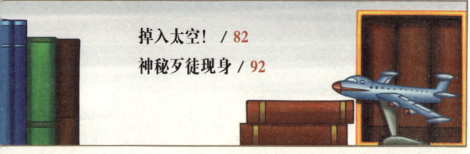
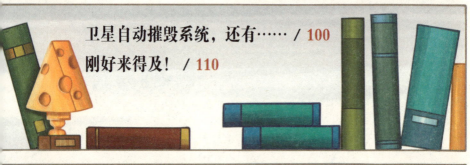
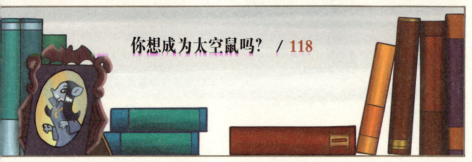

OOK

老鼠岛的秘密特工，
杰罗尼摩的小学同学

OOV

老鼠岛的秘密特工，
OOK 的妹妹

鼠白尼教授

特工培训师

穆爱塔

狡猾的流氓鼠，
科学家穆教授之女

全城盗窃案

那是一个没有月色的漆黑夜晚，我正安安静静地呼呼大睡，暖乎乎的羽绒被一直拉过耳朵。我记得非常清楚，我正做着一个美梦。

我漂浮在太空中，在各种奶酪构成的星球之间幸福地飞翔。太空

中有塔列吉欧奶酪小行星、格鲁耶尔奶酪行星和拖着一条长长的**熔乳**丝状尾巴的莫泽雷勒奶酪彗星。

然而，遗憾的是，正当我在格鲁耶尔奶酪行星上着陆，准备将牙齿**埋入**美味的奶酪火山时，一连串奇怪的声响将我从美梦中惊醒。

有鼠？

我听到金属声……然后是锁被撬开的**咔嚓声**……接着是门被打开的**嘎吱声**……最后是**蹑手蹑脚**的脚步声……

哎呀！有鼠潜入我家！

我随手抓起一件东西（一只拖鞋），然后勇气十足地

（嗯，算是吧）举起它，悄悄走进客厅，只见两个黑影在那里偷偷摸摸地走来走去……

我喊道："啊啊啊啊！！！"

黑影喊道："啊啊啊啊啊啊啊啊啊！！！"

我又喊道："啊啊啊啊啊啊啊啊啊！！！"

然后，我的喊声逐渐消失在黑夜之中，就像一个电力不足的小收音机。我晕了过去，

后脑勺撞在客厅的地板上。

啊啊啊啊啊啊啊啊啊啊啊！！！

直到第二天清晨我才醒过来，一缕阳光照射在我的鼻子上。

我费力地坐起来，摸了摸后脑勺，发现鼓起了一个巨大的包。我自言自语道："我是谁？我在哪里？几点了？为什么我没睡在床上？还有，为什么我的后脑勺上有这么大一个包？"

我强忍着越来越剧烈的头痛，努力寻找答案。

"好吧……我叫斯蒂顿，杰罗尼摩·斯蒂顿，我经营着老鼠岛上最有名的报纸——

《鼠民公报》。"

我欣慰地**长舒一口气**，虽然后脑勺被撞了个大包，但还好没把我撞傻！

直到那时，我才回想起昨晚在我家出没的两个**黑影**。

天哪！他们会**偷走**什么东西？

我赶紧去看看我最钟爱的**红色小金鱼**安妮芭儿还在不在。真幸运，它乖乖地待在鱼缸里。

我给它喂了**一小撮**它最喜欢吃的鱼食，它高兴地摇摆着尾巴向我问好。

它和往常一样**欢快又活跃**！

然后我检查了自己悉心收藏的十八世纪奶酪干。

我很在意那些奶酪干，它们都是

我在妙鼠城的各种市集**摊位**、拍卖行和古董店里一块一块地收购回来的。

它们也乖乖待在原处！

接着，我开始翻箱倒柜，查看朋友们送的**礼物**、我喜爱的书籍、丽萍姑妈亲手做的高尔夫球……

幸好，它们全都乖乖待在原处！

黑影没有偷走我最**心爱**的东西。我不在意钱，钱包被我随手扔在客厅的茶几上……但是钱包竟然也乖乖待在原处。**奇怪**！

如果什么也没有偷走，那么那两个**罩着黑丝袜、长着梵提娜奶酪脸的家伙**到底想要什么呢？

就在那一刻，我突然反应过来是怎么回

事了。一定是我把他们**吓跑**了！

没错，我，就是我，斯蒂顿，**杰罗尼摩·斯蒂顿**，老鼠岛上最胆小的老鼠，吓得两个坏鼠落荒而逃！

我是**英雄**，真正的英雄！

我迫不及待要将这件事说给**大家**听！

于是，我立刻跑去卫生间洗漱，准备出门。我**满心欢喜**地哼着歌曲，吹着口哨。我对着镜子仔细地观察自己。我感觉自己的神情更加自信，**目光**更加坚定，形象更加……更加……更加……高大！

就在那时，电话铃**响**了，是爷爷打来的。

"乖孙儿！需要你的时候，你又跑哪儿去了？妙鼠城发生了**紧急情况**，你怎么还在家里睡觉？你知道昨天深夜妙鼠城发生了数起严重的盗窃案吗？"

"我知道，爷爷。昨天深夜有两个罩着黑丝袜、长着梵提娜奶酪脸的家伙也想**偷**我家的东西！另外，我刚刚不是在睡觉，而是晕过去了。不过在我晕过去之前，我把那两个小偷吓跑了！我是**英雄**，真正的英雄！"

"什么真正的英雄啊？乖孙儿！你是一个真正的**睡熊**！还好有你妹妹菲在帮《**鼠民公报**》做事，否则真是一场灾难啊！对了，我让她去你家找你，并带去了我**明确**的指示！你得揭开盗窃案的秘密，为明天的报纸写一篇好文章。明白了吗，乖孙儿？唉，如

果不是我一直高度关注我们**报纸**的命运（而你还是一如既往地舒舒服服待在一边乘凉），我真不知道我们的报纸会变成什么样，**懒惰睡熊**！"说完，他立刻挂断电话，根本不给我说话的机会。

为什么……
为什么么么……
为什么么么么……
爷爷总是这样对我？

特别的夹心饼干

爷爷的电话让我的斗志降到了鞋跟底下。不过，这一次，我决定让他看看我究竟是个什么样的鼠！我一定要写出一篇让胡子颤抖、让胡子跌宕起伏的文章！

在妹妹菲到来之前，我决定洗漱换装，并开怀地吃一顿丰盛的早餐。

我打开冰箱，从里面拿出冰冻奶酪脆谷麦片和葛更佐拉奶酪酸奶。喷喷！

我还决定尝一尝一直珍藏的、只在特别时刻才会拿出来享用的美味夹心饼干。

我用牙齿一咬，饼干上留下了我的齿痕。我要好好品尝这块玛斯卡波奶酪味的

夹心软饼！

哇，好嫩滑的夹心哦！

咦？饼干的夹心层中竟然藏着一颗**奇怪**的胶囊，胶囊里有一张**奇怪**的纸条，纸条上写着一条**奇怪**的信息。

纸条的落款处签着我的密探朋友的名字，而收件鼠则是00G。我的朋友一定是弄错了！

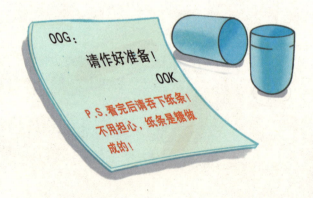

00K档案

姓名：柯内留斯·范德·卡丘特

代号：00K

职业：老鼠岛政府的密探

他是谁：杰罗尼摩·斯蒂顿的小学同学

他是如何成为密探的：

大家都知道柯内留斯是一位绅士鼠，热爱艺术和赛车。

但是没有鼠知道他是如何成为密探的。多年来，他一直效力于老鼠岛政府，并在世界各地执行了许多危险的任务！

特别标记：执行任务时，他总是穿着一件配有顶级装备的西装，即便在夜间也戴着墨镜！

花絮：他总是能想出各种神秘、离奇的方式与同伴联络，因为他不希望信息被其他鼠截获。

00G档案

姓名： 杰罗尼摩·斯蒂顿

代号： 00G

职业：《鼠民公报》主编兼密探（暂且算是吧）

他是如何成为密探的：

老鼠顶级绝密服务社发现有鼠企图盗窃高尔夫巡回赛的奖杯——超鼠杯。

于是他们决定邀请杰罗尼摩（在他不知道的情况下）加入，共同执行任务，阻止盗窃计划。鉴于他的杰出表现，他们决定任命他为老鼠岛政府的密探。

特别标记： 他是一个真正的胆小鬼，一旦身陷危险，就会吓得晕过去。

花絮： 他总是被迫执行绝密任务，却又能在不经意间出色地完成任务。

我**一头雾水**地问自己："谁知道这个 00G 是谁？我根本不认识什么 00G！"然而，我随即意识到**00G**就是我自己！很久以前，我也被任命为政府密探*，00G 就是我的**代号**。我怎么会忘记了呢？

我开始担忧起自己的新历险。这时，菲**突然**跑进厨房（她有我家的钥匙）。我飞快地将纸条塞进嘴里咀嚼（**啧啧！** 真的是糖做的啊，不过有点黏牙）。我只能**口齿不清**地说："嗯……你……哦……嗯……来啦……"

菲一头雾水地问我："啫喱，你还好吗？我怎么觉得你**怪怪的**……"

我吞下纸条（咕咚），答道："谢谢你，菲，我很好……对不起……我刚才……嗯……嘴

*请看"老鼠记者"第 35 册《特工鼠智胜魅影鼠》。

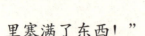

里塞满了东西！"

"啫喱，我真的觉得你有些**怪怪的**！不过我今天没有时间去弄清楚你为什么会这样！昨天深夜，妙鼠城发生了多宗盗窃案，疑犯是两个**罩着黑丝袜、长着梵提娜奶酪脸的家伙……**"

她一边说，一边将一张妙鼠城**警察局**传给报社的照片递到我面前。我**尖叫**道："我认得他们！他们也想偷我家的东西！但是被我吓跑了！"

"什么？他们潜入你家？还被你**吓跑**了？真有你的，杰罗尼摩，你是个英雄，真正的英雄。只不过……"

"不过什么？"

"不过……"

"不过什么吗？"

"不过……"

"快说快说！你别让我心神不宁的！"

"不过……那两个极端危险的大盗今天夜里很有可能还会回来，继续完成昨天的计划！我要是你，就会睁着一只**眼睛**睡觉，甚至睁着两只眼睛睡！"

听到菲的话，我开始焦虑不安，"谢谢，菲，我看今晚我极有可能睡不了了！"

"对，还是不睡吧！不过先不要想那些，

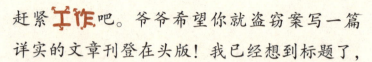

赶紧**工作**吧。爷爷希望你就盗窃案写一篇详实的文章刊登在头版！我已经想到标题了，**《杰罗尼摩·斯蒂顿：英雄，真正的英雄》**！"

说完，她就跑着离开了，就像她跑着过来一样。

我开始试着写文章，却发现自己根本无法集中精力。

我不断地想着那两个罩着**黑丝袜**的大盗，感觉今夜他们一定会回来！

哎哟，**真是见到猫一样的恐惧啊！**我浑身颤抖，脸色苍白得像一块**鲜软奶酪**。原来我根本不是什么英雄，真正的英雄！

为了让自己平静下来，我将头伸到窗外，**深深地** ▶ 吸了一口气。就在那时，我注意到

了窗外奇怪的景象，满眼都是写着醒目**黄色标语字**的巨型广告牌，其中有一块刚好竖立在我家窗前。

我用手爪拍拍脑门，对呀，**防盗系统**！真是个好主意！我立刻拨通**滑头鼠公司**的

电话。

我听到留言录音回复："您好，暂时无鼠接听。我们正在安装滑头鼠防盗系统。滑头鼠防盗系统专为聪明鼠士设计！请您留言，我们会尽快回复！嘀！"

我留下一条信息："我叫斯蒂顿，杰罗尼摩·斯蒂顿！我想安装你们的防盗系统。请你们尽快，越快越……"

担心小偷?

　　我来不及说完最后一句话，因为我听到一阵**敲门**声。我跑去开门，只见门外站着一名神秘的女鼠，她身材苗条，举止优雅，一头金色的长发，身穿得体的黑色套装，戴着一副*深色的*墨镜。

我注意到她的胸前别着一枚胸针,上面写着:**滑头鼠公司**,下面还有一行小字:**福美·德·滑头鼠**。

我震惊了!这是什么速度啊?这是什么**服务**啊?滑头鼠公司简直是一级棒!

我请福美小姐进入客厅。她面带优雅、灿烂且善解鼠意的微笑,拿出一份完整的产品目录,向我介绍起滑头鼠公司最精密完备的防盗系统。

"您给我们打电话真是一个明智的选择,**亲亲亲爱的**斯蒂顿先生!有了我们的超级卫星防盗系统,家中的一切都会在我们的监控之下!您今晚一定可以睡得十分安稳踏实,因为谁也进不了您家,**亲亲亲爱的**斯蒂顿先生!鉴于您是我们的第一千名顾客,我会

好了！

给您特别的买二送一优惠！"

　　仅仅花了十分钟，福美小姐就成功说服我购买了 产品目录 上介绍的一整套设备，并拿出一份令鼠头晕眼花的合约。

　　我晕乎乎地重复道："当然了，福美小姐，谢谢您，福美小姐，没问题，福美小姐……"

　　我签字的时候，她不断地催促我："签吧，签吧，签吧，亲亲亲爱的斯蒂顿先生！您今晚一定可以睡得十分安稳踏实，因为谁也进不了您家！"

　　一等我签完字，她就一把抓住合约，然后收好，接着打了一通电话。不到两分钟，滑头鼠公司的一队安装工便来到我家。

　　他们要安装的东西有：75台红外线感

应器（装在窗户上、门上，甚至是衣柜和冰箱的门上），**93** 台用来拦截在公寓内出没的任何生物的监测仪，**38** 台监控摄像机（每个房间 3 台），**1** 扇防盗门，**15** 块超固钛合金电动窗板，**7** 台巨型刺耳警报器（通过卫星连接）。

进屋需要通过以下步骤：

● 电子指纹扫描。

● 防跳蚤处理的毛发检查（可检测颜色和柔软度）。

● 尾巴长度测量。

● 胡须的全面检查。

● 声音识别。

所有监控画面都会通过卫星传送到**滑头鼠公司**的监控中心，那里有员工**24 小时**

我家安装的

防盗系统

(1) 红外线感应器

(2) 用来拦截在公寓内出没的任何生物的监测仪

(3) 监控摄像机

(4) 防盗门

(5) 超固钛合金电动窗板

(6) 巨型刺耳警报器

(1) 可以监测任何活动！

(3) 记录每一个角落发生的每一件事情！

(2) 就连昆虫也不能逃脱！

(4) 即便是蚊子也别想飞进来！

(5) 隔音、可靠，杜绝翻窗入室！

(6) 即便是耳朵塞满奶酪仍可以听见！

全天候监控，防止任何可疑的老鼠在家中出没！

　　他们离开时已经是晚上了。我赶紧开始为《鼠民公报》撰写文章。我建议妙鼠城全体居民安装防盗系统，让那些企图令妙鼠城市民心惊胆战的歹徒心灰意冷。工作完毕后，我头昏脑涨但心满意足地吃了点东西，然后上床睡觉……

好困啊！

那个老鼠就是我！

我当时真的以为，那晚我一定可以安安稳稳地睡个好觉，因为我真的感觉很安全！

然而，我错了，彻彻底底地错了！

晚上11点，某一台警报器开始发出刺耳的鸣响：

"丁零零！丁零零！丁零零！"

我过去查看，原来是我的小金鱼安妮芭儿打了一个嗝。

只是轻轻一声，警报器就响了。我真是佩服极了。

" 天哪，真是超级灵敏！"

午夜时分，超固钛合金电动窗板开始

移动，发出可怕的巨大噪音。原来是一只鸽子在窗台上拉了大便，触动了警报器。我开始有点厌烦了。

"天哪，真是超级灵敏！"

我回到床上，可是片刻之后，窗板又开始移动，因为楼下有一辆汽车经过。

当我试着不让它再动来动去时，它却夹住我的尾巴，拍打我的手爪，来回反复撞击我的后脑勺。

第二天黎明时分，我疲惫地从床上坐起来，非常沮丧。

我拖着步子走过走道，摄像机就跟在我身后嗡嗡作响。

咕叽！

"嗷嗷嗷嗷嗷嗷嗷嗷嗷嗷嗷嗷嗷嗷嗷嗷嗷嗷！"

我懒得去管摄像机，**挠了挠肚子**，伸了个懒腰，**像河马一样打了一个大大的哈欠。**然后（好吧，我坦白），我把**手指塞进了鼻孔里！**

啊噢！

那一刻，我忘记了自己所接受的教育……好在我随即意识到自己的动作不雅，于是立刻抽出手指。我的脸一直**红**到耳根，幸好并没有其他老鼠看见。

吗！

起码我是这样以为的！

过了一会儿，我打开**电视**看早间新闻。播报员说："现在是关

于黑猩猩生活的**独家**报道！"

这时，电视屏幕上出现了一个穿着睡衣的老鼠，**挠着肚子**、打着哈欠（简直不堪入目）……**他居然把手指塞进鼻孔里！**

以一千块莫泽雷勒奶酪的名义发誓……那个老鼠就是我！

我尴尬得**目瞪口呆**，惊讶得简直站立不稳，震惊得怒火中烧。

他们竟然把我家防盗系统监控摄像机所拍摄的画面对外直播了！

我抓起电话，拨通滑头鼠公司的号码，准备向那帮在我家安装这批**怪诞**装置的、狡猾的家伙们提出**抗议**。

电话被转接到语音信箱："目前不是办公时间。请您留下信息，我们会尽快回复。"

嘀嘀嘀嘀嘀嘀嘀嘀嘀嘀嘀嘀！

哼哼！

我气得狠狠地咬了一口电话。

我决定先**为自己准备**一顿美味早餐，来打发等待他们公司开始办公的这段时间。

与此同时，电视播报员神色尴尬，**语无伦次**地说："对不起，刚才出现了**技**

术问题……现在让我们回到黑猩猩时间！"

这时，电视屏幕上出现了贝林达·荣誉鼠（市长夫人）满头**卷发筒**的画面！

随后是碧姬·闲话鼠（《聊天》杂志的记者）眼睛贴着两片**黄瓜**的样子！怎么回事？！

最后是莎莉·尖刻鼠（我的**竞争对手**，《老鼠日报》的主编）穿着玫红色芭蕾舞短裙跳健美操的模样！

原来她们也在不知情的状况下被防盗系统的**摄像机**跟踪拍摄，并由收视率最高的

电视台对外**直播**！

我开始感到不安：妙鼠城究竟发生什么事了？为什么会这样？

我的小脑袋快速**运转**，希望能找到答案，但毫无头绪。

我一边想，一边打开**冰箱**，准备倒牛奶喝。突然，一艘塑料小船从牛奶壶里掉了出来，平静地漂浮在**我的**碗里，就好像南方大海中的邮轮，或者是一艘小船。

它怎么会钻进牛奶壶？是谁放进去的？

我捡起小船，看见里面塞着一张**卷**好的小纸条。原来是OOK传递的另外一条信息！

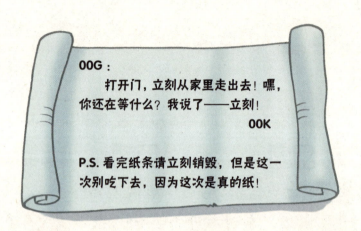

OOG:

　　打开门，立刻从家里走出去！嘿，你还在等什么？我说了——立刻！

OOK

P.S. 看完纸条请立刻销毁，但是这一次别吃下去，因为这次是真的纸！

　　我烦恼地尖叫道：**"别再有什么小纸条了！我不喜欢小纸条！"**

　　不过，我仍然遵从了小纸条上的要求，将纸条撕成碎片，扔到垃圾桶里。然后，我打开家门，走了出去。

P.S.S.S.T.

　　我家门口停着一辆加长版豪华轿车，车身是**黑色**的，车窗也是**黑色**的，就连司机也穿着一身**黑色**的高级制服。

　　突然，车门打开，有什么东西**抓住**了我的睡衣，把我扔进了豪华轿车里。

我害怕得尖叫："救命！救命！放开我！**我有紧急任务！** 还有，**我不能……穿着睡衣出门！**"

但是有什么东西把我用力甩到座椅上，然后车门**"啪"**的一声关上了！

我用力敲打驾驶座和后排座椅中间的玻璃，"停下，立刻停下！我刚才已经讲过了，**我不能……穿着睡衣出门！**"

司机用一种奇怪的金属声音回答我：
"很一抱一歉，先一生，行一程一已一经一确一
定，无一法一更一改。"

我坚持道："对不起，或许您还没有听
明白！您必须马上送我回去，我不能……**穿
着睡衣**出门！"

司机一点都不退让："很一抱一
歉，先一生，行一程一已一经一确一
定，无一法一更一改。"

然后，他转过头看着我，但是转
动幅度过大，吓得我**大叫**起来。他竟然轻松
地转了180度！他向我报以一个热情的微笑，
但是有点假。我瞪大了**眼睛**……

不仅微笑很假……

整个司机鼠都是假的！假的假的假的！

    我真的没办法接受被一个机器鼠带去未知地方的现状！我吓得大声尖叫：

    "**我要下——车——！**"

    可是，他仍不紧不慢地重复：

    "很—抱—歉，先—生，行—程—已—经—确—定,无—法—更—改。现—在,请—您—保—持—安—静，先—生! 我—要—开—始—传—送—秘—密—信—息，五—四—三—二—

致 00G 紧急信息

闭嘴，不许再尖叫！我说了，闭嘴！

你在执行秘密任务！

注意自己的言行举止，明白吗？穿上放在座椅下面的衣服（这样你就不能以穿着睡衣作为借口了），然后保持安静。

我们的遥控秘密运输系统会直接带你到 P.S.S.S.T. 的基地。

P.S.S.S.T. 也就是老鼠顶级绝密服务社，也可以解释为"普夫隆奶酪，如果你不保持安静，我就把你压扁"，明——白——吗？

00K 言出必行

一，嘀！"

"传—送—完—毕！嘀！"

到了现在这个地步，我只得从命。

我在座椅下找出衣服，立刻穿在身上。

既然我不得不去执行 P.S.S.S.T. 的

密探的基本装备

领结，有需要时可解开作绳索用

望远镜式眼镜，有夜视功能

腰带和背带，可以迅速捆扎

手表，带有微型摄像机

可打开的鞋跟，里面藏有开门的工具

手提电话，内置摄像机和掌上电脑

无噪音靴子
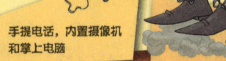

防猫监测仪（可以识别3千米以内的猫）

存放跳蚤的罐子

防猫外套

便携式充气皮划艇

有催眠作用的甘菊花精油

带有麦克风的签字笔

带有刺激性粉末的戒指（可以让鼠打喷嚏）

秘密任务，我可不想穿着睡衣去！

　　"鼠靠衣装"这句话真没有错，当我穿上**密探**的衣服后，我的感觉好多了！

更加自信！

更加勇敢！

更加强大！

而且非常非非常非非

非常地魅力四射……

　　我对着轿车后视镜检查自己的**仪容**。

还不错！

　　我**心满意足**地理了理领结："嗯嗯，还不错！"

小心！

就在那时，黑色轿车**突然急刹车**，我猛地往前一栽。我不满地抱怨道："嘿，**小心点**！"

司机镇定自若地回答："很—抱—歉，先—生，行—程—已—经—确—定，无—法—更—改。旅—程—结—束，再—见。"

救命！

然后，安全带自动松开，一只**机械**臂抓住我的上衣，将我扔进一个**臭烘烘**的大垃圾箱。

垃圾箱的底部突然自动打开。**我迅速坠落，坠落，坠落，坠落，坠落，坠落，坠落……**

我们得立刻采取行动！

我在一个巨大的透明塑料管道里急速**坠落**，好像永远停不下来，直到我的屁股撞到了硬邦邦的大理石**地板**。

砰！哎呀，好痛！

通过空气中弥漫的鱼腥味和装满**臭烘烘**烂鱼虾的垃圾桶，我判断自己身处妙鼠城港口地下的某个地方。

我不可以告诉你更多信息，不然我还算什么密探呢？秘密就是**秘密**……

我努力**清理**掉身上臭烘烘的垃圾，直到这时我才看见周围站着几个和我穿着同样款式服装的老鼠，他们都是**密探**！

我极有可能身处 P.S.S.S.T. 的秘密基地！

我认出了其中一个肩膀**宽厚**、姿态骄傲、目光深不可测的密探（当然还戴着墨镜），他就是 OOK ！

他扬了扬**眉头**，嘴角微微挪动了一毫米的样子，对他而言，已经算是一个热情的**微笑**了。

　　我握着他的手说着：“我也很高兴见到你，**柯内留**……嗯……**OOK**！”

　　我发现他的妹妹 **OOV** 就站在他身边。我顿时**满脸绯红**，一直红到耳根。可是没等我向她问好，她已经走开了。

　　OOK 用力握住我的手爪，差点把我捏碎，“欢迎欢迎，**OOG**！现在不是聊天的时候（聊什么天啊？我根本没开口），我们得立刻投入工作！”

　　大家**围绕**着一张水晶工作台坐下，面对着一块巨型**屏幕**。桌子最前面坐着 P.S.S.S.T. 的大老板，他严肃地说：“现在事态很严重，相当严重！”

　　大家都严肃地点点头。只有我一头雾水，不知道究竟是怎么回事。

00A 00C 00E 00H

于是，我很不好意思地问道："为什么这么说，发生什么事了？"

大家都转过头看着我，一齐扬了扬**眉头**。

另一个老鼠接过话头，严肃地说："发生了一桩**严重**事件……有坏鼠在城里制造了一连串盗窃案，更奇怪的是防盗卫星失控了……总之，有一些**危险**的老鼠正在威胁妙鼠城的安全！"

听到这番话，我吓得尖叫起来：

"我们得立刻采取行动！"

我们得立刻采取行动！

00T 00F 00O 00B

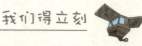
就在那时，**巨型**等离子屏幕自动打开，屏幕上出现了一个戴着面具的**可怕**身影，他用一种**可怕**的吱吱声，发出一条**可怕**的勒索信息："妙鼠城的老鼠们，你们现在在我的掌控之中！我的 卫星（你们就别白费心机去找了，反正你们也找不到），控制了妙鼠城所有的警报系统和通讯信息系统。我给你们一个星期时间，设法给我弄到一**堆**金条！

要堆到足够高，否则……你们会有麻烦，大麻烦！"

说完，他发出一阵邪恶恐怖的大笑声。

"哇哈哈！哇哈哈！哇哈哈！"

一等笑声停止，大老板就宣布："各位，正如英勇无畏的 00G 所言，我们要立刻采取行动！**谁和他一起行动？**"

英勇无畏的OOG！

"**英勇无畏**的OOG？"

以前从来没有谁这样称呼过我！

如果不是因为我正吓得像一块坏掉的酸奶奶酪一样**瑟瑟发抖**的话，我一定会像一块陈年巴马奶酪味**蛋奶酥**那样骄傲得膨胀起来！

很快，OOK扬起左边的眉头，大声说道："我和他一起**去**！"

片刻之后，我闻到一阵独特雅致的香水味……正是**OOV**身上的味道。她朝我走过来了！她坐到我旁边的位子上，还是一如既往地平静，说："我也和他们一起**去**！"

　　我正要问：**一起去？去哪里呀？**
但是，大老板已经站起身。

　　"很好！培训一结束，你们就立刻**动身**。
距离计划发射时间还有整整 36 个小时。祝你
们好运！"

　　说完他按动一个按钮，我们的座椅噜噜
噜地**沉**到了地下。

不一会儿，我们在一个**奇怪**的房间着陆了。房间里摆满了各种**奇怪**的仪器。一个**身穿白袍**的老鼠朝我们迎面走来，面带热情的微笑，说："我是鼠白尼教授，这是我的助手鼠维兹！接下来，将由我们负责对你们进行发射**训练**。"

我是鼠白尼教授！

我是鼠维兹！

我尖叫道："什么……什么发射呀？"

OOK 扬了扬**眉头**。

"不要**自毁形象**！别忘了你是 P.S.S.T. 的密探（P.S.S.T. 的另一个含义就是：普夫隆奶酪，只要你尖叫，我就把你碾碎）！"

"但我理解的 P.S.S.T. 应该是：可怜可

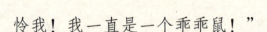
怜我！我一直是一个乖乖鼠！"

　　我感觉到 00V 一直在盯着我看，于是我努力**回忆**自己前一天对着**镜子**摆出的、真正的英雄应有的表情。但是，我真的没办法做到。因为，鼠白尼教授回答了我的问题："00G，你还不明白吗？我刚刚所说的**发射**，就是鼠波罗 6 号太空飞船。你们必须找到那个坏鼠用来控制妙鼠城的**卫星**，并且销毁它。距离**发射**只剩下 34 小时 55 分钟了，现在进入倒计时模式！"

　　听到这里，我再也坚持不住，晕了过去！

呼！

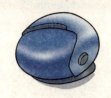

我没有当太空鼠的潜质！

不过，我很快睁开了眼睛，因为**OOK**在不停地扇我的耳光，OOV则用一块散发着莫泽雷勒精油香味的小手帕不停地为我**扇风**。

"以一千个绝密任务发誓！加油，OOG！想想那些身陷**险境**的可怜的老鼠们吧。"

OOV说得对！我应该有所作为，为了我的**朋友**，我的城市。

于是，我决定不再退缩。

我抬起仍然**晕乎乎**的脑袋，坚定地说："OK，我准备好了！我现在应该做什么？"

鼠白尼拽住我的衣袖，在我改变主意之前，一把将我拉走。

"你跟我来，小傻瓜！你得立刻开始**超密集**训练，那都是些针对**超级**太空鼠的**超级**项目！"

我抗议道："那……他们呢？"

"他们已是训练有素啦！"

从那一刻开始，各种**麻烦**便接二连三地袭来……

首先，他们带我进行**超速**体检。

我的身边很快围满一群穿着白袍的老鼠，他们对我进行从耳尖到尾梢的全方位检查。

他们摇着我的头，狐疑地嘀咕道：

"嗯……**身体素质不是很好呀！**"

"是啊……谁知道他顶不顶得住呢？"

"真的……我觉得他一定会崩溃！"

"没错……**身体素质真的很差！**"

　　另外一名医生挥舞着我的**体检报告**过来了。

　　"各位，体检报告说得很清楚！密探00G的身体素质**不是一点点差**……而是根本没有希望！"

　　我像泄了气的皮球，打算**临阵脱逃**：

　　"你们听见了吗？体验报告出来了……我**根本没有希望**！我根本不具备成为太空鼠的潜质！那么，再见了，各位朋友，衷心感谢大家！"

我一点都不喜欢那些医生看着我的样子！

我还是没有想明白我是怎么吞下那颗巨型胶囊的！

但是鼠白尼再次**揪住**了我的尾巴，"你想去哪里？大老板说了，**好好调教，好好训练，**然后把你送上太空！要知道，跟大老板根本没有讨价还价的余地。我们会好好调教你的！"

他们真的开始**调教**我，真真正正地调教我。他们给我灌下一大瓶富含维生素的**冲剂**和一颗巨型胶囊，接着用一根巨型针管为我注射营养液。我大声尖叫，声音如此之大，即便在火星上都可以听到！

冲剂简直难喝到极点！

为了逃避大针管，我打破了以往所有的奔跑速度记录！

我的麻烦才刚刚开始。很快，我就进入了太空鼠**超密集**训练。那绝对是全方位的集训啊……超级大灾难！

开始之前，鼠白尼严肃地说：

"**小傻瓜**，我应该让你知道成为太空鼠必备的条件——**田径运动员**的体格（关于体格，你实在是先天不足）；理工科大学**毕业**（太空中不需要像你这样只会写写文章的文弱书生）；熟练掌握多门**外语**（你的英语如何？最好还要掌握俄语、汉语和日语等等）；什么都不**怕**（至于你，我敢打赌，你肯定是什么都怕）；超强的适应能力……"

我**打断**他："嗯，我的适应能力很强！但是，要适应什么呢？"

"适应太空生活，**小傻瓜**！我差点忘了

告诉你，要成为一名太空鼠，通常需要经过三年的**训练**。不过你这种**小傻瓜**（你是根本没有希望的），只有不到两天的时间了，所以……"

"所以？"

"所以，还是应该让你知道，**小傻瓜**，我不知道你能不能活着撑到训练结束！"

我没有**晕**过去，因为就在那时，我们在走道里碰到了OOV。她大声说："**我们在太空见，英雄！**"

我又努力**回忆**自己前一天对着**镜子**摆出的、真正的英雄应有的表情，但是，很

呵呵！

我的英雄！

遗憾，我只能摆出一个真正的白痴才有的表情。

为什么，为什么，为什么我这么蠢？

鼠白尼掐了我一下，"醒醒，小傻瓜，没时间让你在这里多愁善感啦！大家都在等着你呢。我打算让你穿着太空服在泳池中训练**12个小时**，**希望**可以教会你如何在太空中走动（但是我不保证你能学会，因为你实在是太笨了）；接着是**12个小时**的抛物线飞行，**希望**可以让你适应失重的环境（但是我不保证你能学会，因为你的身体素质实在太差了）；还有**8个小时**的太空模拟驾驶，**希望**能够教会你驾驶宇宙飞船（但是

太空行走

在太空行走和在地球上行走完全不同，因为太空中没有重力存在。为了确保一切进展顺利，太空鼠需要在潜水缸中接受密集训练。那里是在地球上模拟失重状态的最佳场所。

我不保证你能学会，因为你实在太蠢了）。"

我绝望地抗议道："够啦！我根本就没有成为**太空鼠**的潜质！而且这个训练计划实在太恐怖了！我想应该连午餐时间都没有吧？"

"的确没有。"

"那有茶点时间吗？"

"**也没有。**"

"点心呢？午休呢？娱乐呢？"

"**这些就都别提了。**"

"上厕所的时间呢？"

"好吧，这个有，但是动作要快！我们没有时间可以浪费，**小傻瓜！**即使你根本没有希望，我也要在 32 个小时内把你训练成超级太空鼠！"

这就是我32个小时的超级训练项目！

1.泳池训练

我被迫穿着太空服漂浮在泳池里 12 个小时，修理一艘模拟的太空船。

哎哟，我感觉自己肿得就像一只被扔在撒哈拉沙漠里的企鹅！

2.失重状态下的抛物线飞行训练

飞机先往上飞行 30 秒，我感到自己被一股强大的推力顶到椅背上！然后，飞行员熄灭引擎，飞机开始急速自由坠落。我开始感觉失重，上下起伏晃动！然后，飞行员又重新开启引擎，飞机再次上升，就这样上下下持续了 12 个小时！

哎哟，我简直被搅成了一杯超级奶昔！

3.宇宙飞船模拟驾驶

我被迫接受连续 8 小时的宇宙飞船模拟驾驶，那其实是一个复杂至极的电子游戏。其间，我甚至被一场虚拟的流星雨击中。哎哟，我简直是手忙脚乱，真是一团糟啊！

我驾驶着飞船成了一不哪，我感到口渴极了，真想喝上一杯超级奶昔！

点火，发射！

32 个小时之后，鼠白尼对我说：

"训练到此结束，**小傻瓜**。现在要开始实战！"

我**吓得魂不守舍**，抗议道："可是我还没有准备好呢！我还可以多训练一会儿吗？也许……再练习两三百年都可以！"

但是，他**一点都不让步**："不行，还有不到三个小时就要发射了！"

我紧张得膝盖**发软**，胡子不停地**抖动**，就这样急急忙忙地赶到地下发射舷梯*跟前。00K和00V早在那儿等着我了，周围还站着**P.S.S.S.T.**的其他密探。衣冠整齐的大老

---

*舷梯：这里指供太空鼠进入宇宙飞船的楼梯。

板也在那儿，声如洪钟地大声说道："00G密探，我们对你寄予很高的期望。希望你能凯旋！"

我第三次努力回忆自己前一天对着镜子摆出的、真正的英雄应有的**表情**，这一次，我终于做到了！

我骄傲地回答："**我会竭尽全力，以奶酪的名义保证！**"

我走进鼠波罗 6 号，坐到座位上，系好安全带。我努力在那个可怕的座位上保持**平静**，等待太空专家们完成发射前的最后检验。

然而，**一个小时之后**，我的胡子因为紧张开始不停地发抖。

两个小时之后，我的胃跳起了桑巴舞，我的膝盖有节奏地轻打着响板计算时间。

三个小时之后，我已经完全失控了，胡子僵硬得变成了**之字形**，心脏狂跳不止。

以一千块莫泽雷勒奶酪的名义发誓，那是我一生中**最漫长**的三个小时！

我坐到座位上，系好安全带。

最后，大老板发出指令："全体机组成员，扣好头盔，戴上面罩！启动点火系统！点火，发射！"

随即，一阵巨大的**轰隆声**响起，加速度将我推到椅背上。

我尖叫道："救命，我要下——去——"

00K仍然面无表情，他抬了抬左边的**眉头**，"很遗憾，00G，再次回来将是**任务**终结之时（自然不是我们终结之时）！"

00V咯咯叫道："关于终结……亲爱的00G，你立下**遗**嘱了吗？**以一千个绝密任务发誓，**你有想过把自己的**坟墓**立在哪里吗？你觉得为你立一座身穿太空服的**大理石**雕塑如何？"

"不，谢谢你的提醒，我可不喜欢大理石**雕塑**。总之，现在我真的感觉很平静！"

我闭上眼睛，抓住座椅的扶手，因为**加速度**把我压得越来越紧。我感到**头晕**……**头晕**……**头晕**……**头晕**……

我一动不动地待着，甚至以为头晕的感觉会一直持续下去，直到 OOK 在我的头盔面罩上**咯咯**敲了两下。

"里面有鼠吗？好消息，**我们进入轨道了！**"

我缓缓睁开一只眼睛……然后又睁开另一只……我看到 OOK 由于失重，漂浮在太空舱内。

　　00V **兴奋**地吱吱叫道:"**以一千个绝密任务发誓,** 00G, 快来看! 真是令鼠难以置信的**景观**啊!"

　　我解开安全带, 在空中慢慢"**游**"到她身边, 就像一只池塘里的小青蛙。她拉住我的手, 我们就这样手牵着手欣赏宇宙间壮美的景观!

　　我**心**中充满了感慨, 感到自己在浩瀚的宇宙中是如此的渺小!

　　我心想, 那边, 就在那美丽的蓝色星球上, 有**我的家**, 有我最**亲爱的朋友们**……我感动得流下了热泪。

　　我**郑重**地向自己保证, 虽然我只是一个胆小的老鼠, 但是我会竭尽全力在这个令鼠**惊叹**的浩瀚宇宙中完成自己的任务。

太阳系

　　太阳系中有8大行星围绕太阳运转，至少165颗卫星围绕行星运转。
　　地球是围绕着太阳运转的其中一颗行星。从太空中观察地球，景色十分壮观。

我会竭尽全力**拯救**我的妙鼠城，拯救我的朋友们！

我转过身看着我的两位朋友，他们也是一副很**感动**的样子。但是，他们感动的样子比较特别：00K 的右眼眼角在微微**颤抖**，而 00V 的左眼眼角在微微**颤抖**！

00K 提议举杯**庆祝**，并吃些点心。

他冷静地说："我们来庆祝一下，趁现在还有机会……过几分钟，可能就要翩翩起舞了！"

我打开一个自动**柜格**，拿出三杯包装好的十二年特别储藏奶酪啤梨味浓缩奶昔、三块玛斯卡波奶酪和葛根佐拉奶酪配

香草味**蛋挞**（冷冻的）。我扑向**奶昔**（我已经有 36 个小时没有吃到了），揭开杯盖……奶昔**溅**了我一脸！我在舱内追着奶昔跑，那个杯子因为失去重力到处**漂浮**着，就像一个淘气的气泡。

掉入太空！

　　我开始想，或许在◆◆◆中旅行也不是那么糟糕（虽然我必须追着我的奶昔跑，虽然冷冻蛋挞的味道真的很糟糕）。总而言之，我真的很享受那次太空旅行。很快，正如 **OOK** 之前所说，所有的东西都开始翩翩起舞。

　　谁知道呢？说不定我会鼓足勇气和 OOV 一起跳舞。没错，她……嗯……真的是一个很有**魅力**的女鼠，优雅幽默、自信温柔。嘿嘿，好吧，我在太空中堕入爱河了。

　　可是，刚好就在那一刻，就在我准备邀请她与我共舞的那一刻，有什么东西猛烈地撞到

了鼠波罗 6 号，而我猛地**撞到**了后脑勺！

哎哟，好痛！

鼠波罗被撞了一下之后，又接连被撞击了好几下！OOK **声如洪钟**地说道："快回到座位，我们现在处在一片彗星*群当中。我告诉过你们，可能要**翩翩起舞**！"

哎哟，哪里是在跳舞，我们就像三颗桌球一样，在飞船内左一下右一下地撞来撞去！

*彗星：太空中绕着太阳旋转的一种星体，大部分彗星位于火星和木星之间。

我们艰难地回到自己的座位，赶紧系上**安全带**，立刻联系 **P.S.S.S.T.** 秘密基地。

"这里是鼠波罗6号。鼠波罗6号呼叫基地。收到请回复，完毕。"

我们**只**能听到从另一边传来响声："这里是基地……嗞嗞嗞嗞嘀……嘀嘀嘀嘀嗒……嘀嘀嘀嘀叮……喀喀喀喀嘀……嗞嘀嘀……嘀嘀嘀嘀嘀……你们……嗞嗞嗞嗞……嘀嘀嘀嘀……小心……喀喀喀喀……嗞嗞嗞危险……嘀嘀嘀。完毕……**嘀！**"

我们什么也没**听懂**！更糟糕的是，那是我们和 P.S.S.S.T. 基地最后一次取得**联络**！

就连 OOK 也流露出担心的神情，我认识他那么久，还是第一次见到他那样。他眉头**邹紧**，有两毫米那么深，紧紧地抿着嘴唇，

看来形势相当**严峻**。

他依旧不动声色地说："联系**中断**，通迅系统故障。从现在起，我们再也接收不到基地 **指 示** ……"

"什什什么？你你你的意思是说……我们要孤军作战了？我们被抛弃在太空中了？"

"我的意思是**基地**不能联络我们，无法告知我们那名**歹徒**发射的卫星所在的具体位置。如果我们不能尽快找到它，切断它的功能，我们此次行动将宣告**失败**，妙鼠城就会落入歹徒的魔爪之中……"

"但是，我们绝不会缴械投降，**以一千朵雾气朦胧的云雾发誓！**"我虽然已经吓得半死，还是提议道，"我们可以想办法**修复**通迅系统。"

"好主意！"OOV惊呼，"可是谁能出去修理呢？OOK不行，因为他要亲自**驾驶**鼠波罗6号；我也不行，因为我的头盔坏了……"

我的**朋友们**转头对着我，安静地盯着我看……

我嘟囔着说："我根本就不会修复通讯系统啊……但是，如果你们告诉我怎么做，我可以试一试！"

于是，我穿着**太空服**，抓住一个器械包出去了。我**漂浮**在太空中，努力修复通讯系统，只有一根安全绳索拉着我，连接着鼠波罗6号。

OOK在飞船里向我传递修理指示："再高一点……再往右一点……再往左一点……好了，就是那里！你慢慢地移动，不可以**松开**

绳索，明白吗？否则你就会消失在太空中！"

我抬起头，看见通迅系统的天线就在我头顶上。原来是定位用的机械臂被撞歪了。看起来不是很难修理，只需捶打几下就好了。

然而，当我试着去拉天线时，有什么东西拽住了我。绳索已经拉到了最长，如果我想修好天线，就必须解开绳索，我没有别的选择。

我解开绳索，将它绑在天线基座上。然后，我小心地在天线上攀爬，用力地捶了一下天线。不料，我被反弹力猛地往后弹了出去，抛到了茫茫太空中。

宇宙飞船还跟原来一样在预计的轨道飞行，却离我越来越远。说不定我的朋友们根本没有察觉到，我已掉落在了太空中！

我已掉落在了太空中！

我期盼着 OOK 和 OOV 会想办法把我救回太空舱……

但是，什么都没有发生。

我想起来了，OOK 正在努力手动驾驶飞船，没有**电脑**的帮助，或许，他没有办法改变飞行轨道。

并且，我的朋友们也没有办法向基地**求救**。谁知道我那一捶有没有修理好通讯系统呢……

很可能没有……
一切都是没有用的。我失败了！

妙鼠城将不幸落入那个阴险小老鼠的手里……

我绝望极了，开始**号啕大哭**。

我不停地哭，直到我的**太空**头盔里填满

了我的泪水，就好像我的**小金鱼**安妮芭儿的水晶鱼缸！

突然，我被一股**奇怪**的力量抓住，它将我朝着一个**奶酪色**的**奇怪**小行星吸了过去……**好奇怪！**

神秘歹徒现身

　　我被那个**奇怪**的奶酪色小行星慢慢吸过去，直到屁股重重地摔在地面上。

　　那股**奇怪**的力量真是难以置信的强大呀……**真奇怪！**这么小的一颗行星怎么会有如此**强大**的重力呢？

　　不过，我根本没时间多想，我只顾着兴奋地享受🐾🐾触碰到坚实地面的感觉，终于不用继续在太空中乱舞了！

　　我感觉自己就像一个被冲上**海难**，流落荒

重力

　　一颗具有足够引力，能把杰罗尼摩吸引过去的小行星应该至少有月亮那么大！一个物体的重力，也就是引力，直接取决于该物体的物质构成。那么，杰罗尼摩怎么会被那么小的一颗行星吸引过去了呢？的确有点……奇怪！

岛的幸存者！谁知道呢？说不定会有一颗碰
巧路过的**卫星**发现我……然后派一支先遣队
来接我回家。我心中满怀着**希望**，俯身亲吻
起那个奇怪小行星的地表。就在这时，我注
意到一个奇怪的东西。我面前的沙地里若隐
若现着一些**螺丝帽**！

　　那不是一颗真正的小行星，而完完全

亲一下！

全是一个制造出来的太空飞行器！也就是说……我可能**得救**了！

说不定我可以发现食品储备（我感觉肚子开始咕咕叫了），或者发现神秘通讯系统，发出 *SOS* 求救信号，通报我的位置。

我开始**小心**探索那颗假冒的小行星，可是没走几步，我便踩了一个空，沿着一个黑漆漆的滑梯**滚**了下去。我**跌跌撞撞**地一直滚到一个类似仓库的地方，里面装满了大盒子和各种奇怪的机器。

哎哟！

"哎哟，好痛！"

　　我揉着受伤的尾巴，突然发现面前有一扇**滑门**打开了，一个机械鼠用它的机械臂一把拽住我，一边拖着我往前走，一边呱呱叫道：

　　"擅闯者束手就擒！"

　　它把我扔进一个圆形的房间，那里有两个鼠正在巨型**屏幕**前操作着。

　　"谢谢你，R–51，现在你可以走了。"一

发生什么事啦？！

个鼠说完，转过身对着我，"看一看，看一看，是谁被我们的超级地心引力模拟器**吸引**过来了？你喜欢这个吸盘的效果吗，斯蒂顿？"

当他转过身**面对**我时，我立刻认了出来——他就是曾经出现在 P.S.S.S.T. 基地**屏幕**上的那个鼠。

我仔细观察着他们的嘴脸和举止，发现这两个邪恶家伙的一举一动让我很熟悉……想起来了！他们正是穆教授和穆爱塔* 父女，两个**品行差劲**的科学家！

我愤怒地尖叫："肮脏的**流氓**鼠，你们胆子真大！"

"你尽管尖叫吧，斯蒂顿！反正我们很快就要成功了。这真是一次**天才**的行动！我先利用一系列盗窃案让妙鼠城居民鼠鼠自危，

---

*杰罗尼摩曾在第 16 册《怪味火山的秘密》一书的历险故事中与穆教授和穆爱塔交过手。

然后我将**滑头鼠**公司（当然就是我们办的）的卫星防盗系统卖给大家，如此便成功控制了妙鼠城的所有**电脑**！还有 22 小时 15 分，我就会登陆妙鼠城，提取那些傻瓜市民朋友们为我准备的一堆 **金条** 。不过，事情还没结束，你看着吧！"

穆教授冷笑着走到键盘旁边，**输入**一连串数字和字母，屏幕上出现两行字：

超级旋涡启动
倒计时 24 小时

"等我取走**金**条，超级旋涡就会卷走妙鼠城所有银行账户的资金，并**摧毁**所有的信息系统和电子通讯系统，这样我就可以不受干扰地**逃之夭夭**了。啊，差点忘了，还有 24 小时 30 分钟，你就会**灰飞烟灭**，而我将

会成为富翁，大富翁！"

穆爱塔讥讽道："谢谢你啊，小傻瓜，化装成 **福美·德·滑头鼠** 真是太好玩了！"

他们将我五花大绑后双双离开。

只有一个金属声音在厅内回荡：

"卫星自动摧毁系统，还有 24 小时 11 分 30 秒。"

卫星自动摧毁系统，还有……

那个金属的嘀嘀声**每隔一段**时间就会响一次。

时间一秒一秒地过去，我越来越害怕。

我很想有所行动，可是我能怎么办呢？

我的👐🐾都被捆住了。

突然间，我想到一个超级棒的点子。我开始拍打金属墙壁。

噔噔噔

噔——噔——噔——

噔噔噔

三短，三长，三短。

那是摩斯电码*求救信号，也就是 SOS

---

*摩斯电码：一种国际通用的代码，通过闪光或声音信号传递信息。

信号！

我就这样持续拍打了一个小时、两个小时、三个小时……直到我精疲力尽地瘫倒在地，昏**睡**过去。

没有鼠能够听到我的呼救。

我形单影只。

我形单影只地迷失在浩瀚的太空中。

我睡着了，**噩梦**连连。我甚至梦到了一个火星鼠用超长的**触手**不断地拍打着我的前

额……

嗵嗵！嗵嗵！嗵嗵！火星鼠一直不断地拍打着我的前额。

我从睡梦中**惊醒**，睁开眼睛，还好，面前没有什么**触手**，也没有什么**火星鼠**（很显然，火星鼠根本不存在）。站在我面前的是00K和00V。难道我还在做梦？

我揉了揉**眼睛**，又用力掐了一下自己，还扇了自己一个耳光。我能感觉到真的非常，

痛我这才相信自己不是在做梦。是真的，这一切都是真实的。我的**朋友**们真的赶来救我了！

我**一跃**而起，OOK 为我剪断绑住双手的绳索。我尖叫道："谢谢，我亲爱的朋友们！可你们是怎么**找到**我的？"

"那得谢谢你自己。你修好了**天线**！我们从基地接收到了信息，知道了那名**歹徒**的卫星位置，然后立刻赶到你这里。看着你消失在太空中真是太糟糕了！我们根本没有奢望还能找到你……活着的你！"

他转过身，不想让我们看到他**激动**的样子。OOV 接着往下说，而我注意到（虽然她努力掩饰），她那双美丽的**绿色**眼睛中闪动着泪光："然后，当我们来到这颗卫星时，我们

感觉到一连串有规律的振动······是**SOS**求救信号！于是，**以一干把太空扫帚的名义发誓**，我们通过你发出的 ，找到入口······我们就是这样出现在你面前的！"

就在那一刻，金属声音再次响起：

"卫星自动摧毁系统，还有 4 小时 □ 分 □ 秒。"

我向他们解释了事情经过，担忧地说："还有 4 个小时，我们就会被摧毁，要么变成肉酱，要么灰飞烟灭······"

00K 微笑着说（也就是嘴唇抖动一毫米）："那可不一定！别忘了我们是 P.S.S.S.T. 的成员（**P.S.S.S.T.** 可以理解为：普夫隆奶酪，如果你泄气，我就把你咬碎）！"

我**微笑**着说："你说得对，泄气根本没用。

我们一起来想办法！"

00V 也微笑着说（也就是嘴唇抖动一毫米）："把**超级旋涡**交给我处置，我来想办法中止它的程序！毫不谦虚地说，我是整个 P.S.S.S.T. 里最优秀的程序员。"

然后，她*优雅*地甩了甩一头柔顺的红色秀发，坐到电脑前。

我和**00K**走到室外，希望可以找到中断**自动摧毁**装置的办法。

我们检查了小行星的地表，但是一无所获！

形势变得很**危急**……

我们只剩下一个小时来阻止超级旋涡程序启动，天哪……我们即将被摧毁，要么变成肉酱，要么灰飞烟灭……我们回到大厅内，希望 00V 比我们幸运些。

我们刚一进大厅，她便**面无表情**地说（但是，我捕捉到她的声音在轻微地颤抖着）："我几乎要成功了，但是有一个小小的**阻碍**……我需要破解一个指令。我已经被这个指令困住很久了，还是无法破解。"

我走过去想**安慰**她，但忘了自己还穿着太空服，一不小心被自己**绊倒**了。

啊呀！

1

我失去了平衡，身子往前一倾。我**尝试**着保持平衡，想横着趴在一把**转**椅上。

天啊！

2

不要！

3

结果，我像一枚**导弹**一样横穿整个实验室，最后脸朝**下**方冲到了 OOV 正在工作的电脑键盘上。

她往后跳开，尖叫道："哎呀！"

我嘟噜着说："哎呀！"

电脑开始轰隆作响：

"嗞嗞嗞！嗞嗞嗞！嗞嗞嗞！"

哎呀！

哎呀！

4

屏幕上出现了一行闪烁的文字：

超级旋涡程序
取消

　　我简直不敢相信自己的眼睛。我这次意外**滑行**的，居然碰巧压到了解除程序的 **按键**，超级旋涡程序被取消了！穆教授的计划破灭了！妙鼠城得救了！

然而，就在那时，刚好就在那时，金属声音又在厅里响起："卫星自动摧毁系统，还有口小时15分口秒。"

OOK 两边的眉头都抬了抬（这表示他非常非常担心），说："嗯……自动摧毁程序还没有取消，最好赶紧离开这个大麻烦！**大家立刻回太空船！**"

刚好来得及！

我们**急急忙忙地冲出**实验室，朝着鼠波罗6号跑去。幸好，那颗伪造的小行星非常小，我们不需要跑很久。

一上鼠波罗6号，我们立刻启动**引擎**，以最快的速度起飞。

几分钟后，我们逐渐远离了那颗奶酪色的伪造卫星……

刚好来得及！

一阵巨大的爆炸声撕裂了太空的平静。那一刻，就在那一刻，我明白一切都结束了。我们得救了！

我太**激动**了！又晕了过去！

一阵巨大的爆炸声撕裂了太空的平静。

过了一会儿，我苏醒过来，发现自己被绑在座椅上，00V 在一旁用她散发着莫泽雷勒奶酪精油**香味**的小手帕为我扇着风，**"以一干个绝密任务的名义发誓**，你是英雄，真正的英雄！"

我面红耳赤地回答："呃……不……呃……其实不是！我只是一个**胆小**的老鼠。我其实很**害怕**……我甚至吓得晕了过去，我不是什么英雄，真正的英雄！"

00K 朝我飘了过来，嘴角扬起整整三毫米，似乎难以置信，但是他（真的）在**笑**。

"00G，大家都会害怕，我也会。记住，**只有那些能够战胜胆怯的鼠，才是真正的英雄！**从来不知胆怯的鼠，只能说是感觉迟钝。现在，你看，因为你，我们拯

救了妙鼠城！"

解除捆绑后，我离开座位，朝旁边的电脑**屏幕**看去。我看到晚间电视新闻的画面，正在报道穆教授和穆爱塔**仓皇**出逃的消息！

新闻记者报道："那两个**神秘的邪恶鼠**仓皇而逃，一次可能对我们的城市造成严重破坏的威胁就此解除。妙鼠城居民的**黄金**保住了！据可靠消息称，这次成功的拯救行动应该归功于 P.S.S.S.T. 的**无名**英雄们。我们

应当向他们致以最诚挚的感谢！"

　　这时，电脑屏幕上出现我的**教练**——鼠白尼的身影。他坏笑着说："恭喜你，小傻瓜，我真没想到你能够成功完成任务（我从来没训练过比你身体素质更差的鼠）。"

　　然后，屏幕上出现**P.S.S.S.T.**大老板的面孔。他庄重地大声说："谢谢大家，任务

恭喜你，小傻瓜！

完成！我们为你们骄傲，尤其是你，00G（老实说，我们都不认为你能够活着回来，我们已经准备为你举行葬礼了）！现在，请你们打开 T.E.B.Q.C.F.B. 的秘密**柜格**。"

我**担心**又要立刻投入一项新的任务，连忙问道："呃，不好意思，大老板，T.E.B.Q.C.F.B. 是什么意思啊？为什么我们要**打开**它？我真的好想回家，好好洗个澡，睡一觉。最重要的是，我要立刻拆掉所有的**滑头鼠**防盗系统（因为那个防盗系统不停地发出警报，我不想整夜都无法入睡）！"

大老板露出**微笑**（也就是嘴角扬起一毫米）。

"不用**担心**这个，00G，我们已经帮你拆除了。妙鼠城再也没有失窃的**危险**！如果

说你有什么要担心的事，那应该是你的爷爷马克斯，他看起来相当**紧张**。他说，每当需要你的时候，你从来都不在……现在，我们不要再讨论什么**命令**了。你打开T.E.B.Q.C.F.B.，代码的含义之后我会向你解释！"

我用颤抖的手按动位于T.E.B.Q.C.F.B.上方的**按钮**，一声"嘀嘟——"过后，柜格里探出三条机械臂，它们在我们胸前别上了一枚"老鼠荣誉"金质**奖章**，同时扬声器里**响起**妙鼠城城歌！

你们知道T.E.B.Q.C.F.B.是什么意思吗？我现在就告诉你们，意思就是"只要结局圆满就好"！

这一次的结局真是好得不能再好了，斯蒂顿，*杰罗尼摩•斯蒂顿*是真正的英雄！

只要结局圆满就好！

你想成为太空鼠吗?

你想体验从宇宙看地球的感受吗?

那么，你最好知道怎样做才可以实现这个愿望。

首先，要成为一名太空鼠，在接受严格的体能训练之前，还需要具备坚强的意志力，并经过多年的学习。成为太空鼠的最佳年龄在27至37岁之间。

当然还需要精通英语。太空鼠来自许多国家，比如美国、俄罗斯、中国等。他们常常需要和不同国籍的同事共同完成任务，因此需要掌握英语，便于同事之间交流。

需要非常强健的体魄，因为体能训练真的很艰苦！

最后，需要有很强的适应能力。太空鼠要在压缩的空间内生活和工作，因此相互间必须学会合作，才能成为一个真正战无不胜的团队！

你觉得自己有潜质吗？
祝你的太空之旅愉快！

妙鼠城

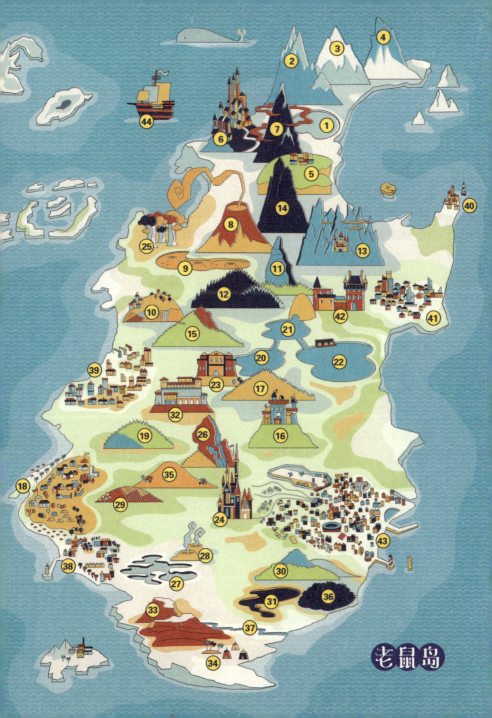

老鼠岛

老鼠岛

《鼠民公报》大楼

鼠迷欢乐会

亲爱的鼠迷朋友！并非英雄们不怕死。相反，他们恐怕也怕死得要命，可令鼠佩服的是他们能够克服自己的恐惧，做成他鼠难以完成的事情。所以，鼠鼠皆可成英雄。看看今天的挑战吧：

1. 你知道故事中的那颗"小行星"，属于下面哪种设施吗？

A. 空间站　　B. 发射基地　　C. 卫星

2. 猜猜空间站的概念最早被提起是在哪年吧？

A.1810 年　　B.1869 年　　C.1910 年

3. 你知道最早登上月球的宇宙飞船的名字吗？

A. 阿波罗　　B. 阿尔弥特斯　　C. 朱庇特

4. 飞行高度高于海拔多少才叫宇航员呢？

A.150 公里　　B.40 公里　　C.80 公里

5. 世界上第一名宇航员是哪国人？

A. 苏联人　　B. 法国人　　C. 美国人

微信扫一扫
答案早知道

老鼠记者 全球版
Geronimo Stilton

超鼠奇侠系列

时光之旅系列

亲爱的鼠迷朋友，
下次再见！

杰罗尼摩·斯蒂顿